© 2021, Arquier, Ceddrik
Edition : Books on Demand,
12/14 rond-Point des Champs-Elysées, 75008 Paris
Impression : BoD - Books on Demand, Norderstedt, Allemagne
ISBN : 9782322267279
Dépôt légal : mars 2021

IMPÉNÉTRABLES

IMPÉNÉTRABLES

Ceddrik Arquier

Dernières relecture et corrections, 2021, Ceddrik Arquier

photos 4e de couv. : **Marie Cardonne (@paraknops)**

Personnages

Martin

Mme Gâteau

Mme Micro / Jane

I. Introduction : « Le monde se divise en deux catégories »

*[**MUSIQUE** de film policier, ambiance de suspens]*

Sur scène, un banc. Une lumière de fin de journée s'allume progressivement.

Depuis le fond de la salle, dans le public, Jane court bruyamment vers la scène, effrayée. Sa tenue, quelle qu'elle soit, est complétée par un châle ou un grand foulard. Arrivée sur scène, elle se retourne paniquée pour regarder si elle est suivie. Martin (prononcé avec l'accent américain) sort des coulisses cour, avec son revolver et se dirige vers elle. Le voyant au dernier moment, Jane sursaute et tombe en arrière. Martin s'approche d'elle alors qu'elle essaie de reculer avec angoisse. Le volume de la musique baisse légèrement quand ils commencent à parler.

MARTIN
Tout est fini, Jane, tu as perdu !

JANE
Non, ce n'est pas possible !

MARTIN
Le monde va retrouver la paix que tu te donnais tant de mal à troubler !

JANE

Nooon ! *(s'interrompant)* Comment ça, la paix ?! Tu te fous de moi ?! Le pays dont tu défends les intérêts ici est en guerre contre la moitié de la population mondiale et tu parles de paix ? Tout espoir de paix meurt avec moi, ducon !

MARTIN

Ton discours bolchevique ne prendra plus avec moi, Jane ! Tout s'arrête ici, maintenant !

Il lève son pistolet vers son adversaire. Jane se lève. La musique s'arrête brutalement.

JANE

Non, mais sérieusement, excuse-moi, mais je ne peux pas te laisser être aussi con sans prendre la peine de te l'expliquer clairement, mec. Tu t'es pas demandé une minute si l'ordre établi n'était pas finalement l'ennemi de la paix que tu prétends défendre ?

MARTIN

L'ordre établi *est* la paix ! C'est ainsi que veulent vivre les 7 milliards d'êtres humains qui peuplent notre planète !

JANE

Non mais tu le fais exprès ou quoi ? Tu veux dire que, dans cette histoire, tu es convaincu d'être du côté de l'intérêt commun ?

MARTIN

Ben, oui, c'est évident ! Je suis le flic !

JANE

Tu parles d'une garantie de bienveillance !

MARTIN

Quoi ?

JANE

Ce que je veux dire, c'est qu'être policier ne fait pas forcément de toi quelqu'un de bien !

MARTIN

Ah, ben oui, mais attends, je le sais, ça ! Richard, par exemple, tu l'avais corrompu, du coup, il bossait pour toi, donc, il était parmi les ennemis de la nation, et pourtant, c'était un flic.

JANE

Et c'est sur ces brillantes déductions que tu l'as abattu comme un chien alors qu'il prenait de gros risques professionnels pour défendre certaines convictions que nous partagions ?

MARTIN

Ses agissements menaçaient l'ordre mondial ! Il était devenu une menace pour les États-Unis d'Amérique, il fallait l'arrêter !

JANE

Ce qui est devenu synonyme de « lui mettre une balle dans le dos », pour la police de ce pays.

MARTIN

Oui, bon, moi, en attendant, je suis incorruptible. Je suis un flic intègre qui se contente de faire respecter la loi !

JANE

Oui, oui, je connais la chanson, je parie que tu ne te rebelles contre tes supérieurs que parce qu'ils n'acceptent pas tes méthodes trop expéditives, c'est ça ?

MARTIN

Ils ne comprennent pas ce que c'est, d'être sur le terrain, ils sont trop déconnectés de la réalité, ça fait trop longtemps qu'ils n'ont pas tenu une arme…

JANE

Juste une question… ça t'a pas fait tiquer que j'essaie *même pas* de te corrompre ?

MARTIN

Tu avais compris que c'était inutile, tu connaissais mon intégrité !

JANE

Mais bien sûr, elle est de notoriété publique, au moins… Ça n'a bien sûr rien à voir avec le fait que je n'ai pas besoin de corrompre les gens pour les convaincre du bon sens de mon combat !

MARTIN

Tu es en train de dire que Richard bossait pour toi sans que tu le payes ? C'est de la manipulation psychologique ?! *(panique un peu, se fait plus menaçant avec son flingue)* Ça ne prendra pas sur moi, je te préviens, je suis très coriace !

JANE

(soupirant) Et cette loi qu'on te demande de faire appliquer au revolver, tu ne t'es jamais demandé si elle était conforme à l'intérêt commun ? Tu ne t'es jamais demandé si ces lois étaient légitimes ?

MARTIN

Elles ne seraient pas les lois si elles n'étaient pas légitimes, c'est logique, faut arrêter le délire !

JANE

Et le fait que tu aies besoin de revolvers pour les faire respecter ne te met même pas la puce à l'oreille ?

MARTIN

Ben c'est parce qu'il y a des gens comme toi qui cherchent à tout détruire, il faut pouvoir faire face à ces menaces efficacement !

JANE

Mais attends, à ton avis, les « gens comme moi », c'est quoi, leur motivation ? Le mal ? Le chaos ? Le plaisir de faire souffrir les gens ?

MARTIN

L'ambition !

JANE

Abruti, il y a tout ce qu'il faut dans ce monde pour les gens ambitieux et les mégalomanes ! Pas besoin d'entrer dans l'illégalité, pour ça !

MARTIN

L'enrichissement personnel ?

JANE

Je me serais contentée de faire de la politique, si j'avais voulu me faire du fric facilement…

MARTIN

La religion ?

JANE

Bon, allez, laisse tomber, t'es vraiment trop con, tire-moi une balle dans le visage qu'on en finisse…

Jane attrape la main de Martin qui tient son revolver et la lève pour coller l'extrémité du canon contre son front, entre ses yeux. Martin hésite puis baisse son bras.

MARTIN

Attends, tu payais vraiment pas Richard ?

JANE

Non, pour quoi faire ? Je ne vis pas dans un monde où j'ai besoin de payer les gens pour qu'ils défendent les mêmes intérêts que moi. Ça, c'est *ton* univers.

MARTIN

Comment ça ?

JANE

T'es pas payé, pour faire respecter les lois sans te pencher sur leur légitimité ? C'est qui, entre toi et Richard, qui s'est fait graisser la patte pour ne pas poser de questions, au final ?

MARTIN

C'est mon job ! C'est un boulot ! C'est normal d'être payé !

JANE

Bon, si on doit discuter encore longtemps avant que tu me flingues, je préfère le faire assise, si ça te dérange pas.

Elle s'assoit sur le banc (côté jardin), Martin la suit et s'assoit à sa gauche.

JANE

Alors comme ça, tu trouves normal de ne pas te poser de questions sur ton job ? Tu peux être amené à tabasser ou flinguer quelqu'un si on te le demande, et toi, tu poses pas de questions… Remarque, je te comprends, c'est beaucoup plus facile comme ça. Et tu m'as l'air d'un gars qui préfère la facilité…

MARTIN

Quel genre de questions je devrais me poser, selon toi ?

JANE

Bah, pour commencer, déjà, te demander si le gars que tu flingues n'a pas une bonne raison d'agir comme il l'a fait…

MARTIN

Une bonne raison d'agir dans l'illégalité ? Mais c'est absurde !

JANE

Deuxième question à te poser, alors, le rapport entre la légalité et la légitimité !

MARTIN

Mais la légalité est légitime par essence !

JANE

Brave garçon, tes instructeurs ont dû être bien contents de toi, hein…? Sais-tu qu'en France, jusqu'en 2012, les femmes n'avaient légalement pas le droit de porter de pantalons à moins d'en faire une demande officielle ?

MARTIN

Mais j'ai vu des françaises en pantalon bien avant 2012 !

JANE

Parce que personne n'avait *légitimement* le droit de les empêcher de s'habiller comme elles le souhaitaient ! La loi disait quelque chose, mais le bon-sens disait autre chose !

MARTIN

Oui, mais ça, c'était en France, c'est loin, c'est vieux, c'est des bouseux…

JANE

Tu tiens vraiment à parler des lois débiles que personne n'applique dans notre bon vieux pays des États-Unis d'Amérique ? Il doit y avoir des centaines de sites internet entièrement consacrés à ce sujet sur lesquels des milliards d'internautes se rendent pour se foutre de notre gueule quotidiennement !

MARTIN

Bon, OK, la légalité n'est pas toujours synonyme de légitimité…

JANE

Donc, il est logique de faire appel à notre bon-sens au cas par cas ! La loi ne peut pas être une suite d'énoncés gravée dans le marbre qui décrète arbitrairement ce qui est bien et ce qui ne l'est pas !

MARTIN

Mais si, justement, c'est ce qu'elle est ! Et c'est très bien comme ça !

JANE

(en se levant brusquement) Oui, c'est sûrement très bien pour les esprits simplistes comme le tien, je n'en doute pas ! Ta condition professionnelle t'entretient dans un monde manichéen dans lequel il ne peut y avoir que du bien ou du mal, et c'est bien pratique, c'est plus facile de passer ses pulsions violentes en tabassant des gens que l'on croit entièrement corrompus, on n'a pas à culpabiliser ! Il vaut mieux ne pas avoir à trop s'en demander à leur sujet, à chercher à savoir s'ils ne sont pas touchants, ou attachants par certains côtés de leurs vies ! Mais la mauvaise nouvelle, c'est qu'ils le sont !

MARTIN

(se levant aussi) Fais-moi pleurer, tiens ! Ceux que j'arrête ne sont pas comme ça ! Ils détruisent, ils font du mal, ils menacent le bien-être de leurs concitoyens ! Ils méritent ce qui leur arrive ! C'est ça, la justice !

JANE

Les gens qui vouent leur vie au mal et au chaos, ça n'existe pas ! Les gens que tu traques ont des motivations qui t'échappent ou que tu ne cherches pas à connaître, mais qui, en tout cas, leur paraissent valables, à eux ! Ils ont des enfants à nourrir, ils ont des amis à aider, des factures à payer, des familles à faire vivre, des idéaux bien à eux en ce qui concerne le monde ! Des vies à défendre !

MARTIN

Tu veux dire que…?

JANE

Je veux dire que tout le monde défend ce qu'il pense être le bien, tout autant que toi ! La différence, c'est que tu défends une idée que tu as été incapable d'imaginer tout seul. Et tu te retrouves, regarde-toi, les armes à la main, à défendre un idéal que d'autres ont construit à ta place, à défendre leurs intérêts égoïstes, et tu participes, tu les aides à l'imposer, au détriment de la population, bien sûr, et par la force, sans chercher à comprendre ce que tu fais vraiment ou ce que ça implique !

MARTIN

Mais non, pas du tout ! C'est l'autre camp qui fait ça !

JANE

C'est qui, l'autre camp ? Les « islamistes » ? Les « communistes » ? Les « terroristes » ? Tous ceux qui s'opposent à la domination mondiale de notre beau pays ? Eux, c'est des fanatiques et nous, on a le bien dans notre camp ? On a dieu avec nous et eux ils ont le mal ? Tu douterais pas un tout petit peu de l'omnipotence de ton soit-disant dieu ? Je dis ça, c'est juste que je te vois te balader avec des armes alors que tu prétends qu'il est dans ton camp, tu ne dois pas être trop tranquille, en fait…

MARTIN

Tu crois que la loi peut se faire respecter sans armes ? Ça serait plus facile, pour les gens comme toi, hein ? Ça rendrait le business moins risqué, hein ?

JANE

Non, je me dis seulement qu'avoir dieu dans son camp, ça devrait être un sacré avantage stratégique. Je me demande pourquoi tu as encore besoin de te battre comme ça, si tu as un être si super-puissant de ton côté…

MARTIN

Il attend sûrement qu'on mérite son aide, après tout ? On doit se battre pour protéger le bien…

JANE

Tu réalises quand même qu'en réfléchissant comme ça, à vouloir défendre nos convictions par la force, ce qui vaincra en fin de compte, ce n'est pas ce qui est le plus bienveillant pour tout le monde, n'est-ce pas ? C'est ce qui sera défendu avec le plus de force… Ce sera la définition du « bien » qu'imposeront ceux qui pourront, par exemple, déployer des bazookas face à des lance-pierres…

MARTIN

D'où l'intérêt pour les nations du bien de ne jamais s'affaiblir…

JANE

Historiquement, ça n'a jamais été les nations du bien, qui triomphaient. Seulement les nations qui avaient le plus de force. Nous en sommes toujours à vivre sous la raison des plus forts.

MARTIN

Mais notre nation défend…

JANE

Va expliquer aux Indiens que c'est le « bien » qui les a dépossédés de leurs terres, leur a explosé la tronche à la winchester et les a enfermés de force dans des réserves où on les laisse crever des maladies et de l'alcoolisme…

MARTIN

Mais les pères fondateurs étaient…

JANE

(le coupant) … étaient de gros enculés de colons, oui, oui, tu peux le dire. Tu n'as jamais remarqué que « colon », c'était aussi un synonyme de « trou du cul » ?

MARTIN

Alors tu n'as aucun respect pour notre dieu, aucun respect pour nos pères fondateurs, aucun respect pour notre nation, pour nos idéaux… Qu'est-ce que tu fais ici, à la fin ?

JANE

Et alors quoi ? Ça serait plus facile pour toi de vivre dans une société uniquement peuplée de gens partageant tes idéaux, hein ? Ça serait à moi de me taire ou de m'exiler pour vous laisser vivre votre délire nationaliste et fascisant tout seuls ? Moralement, qu'est-ce qui devrait privilégier ta vision sur la mienne ? Pourquoi est-ce que je devrais avoir un statut de sous-citoyenne ? Moralement, quel est le fondement de la primauté de l'ordre et du calme social sur le désordre et le chaos ? Les monomaniaques de l'ordre ont l'avantage du nombre et les moyens de s'imposer par la force, alors je devrais m'effacer ? Changer de pays ? M'excuser d'exister différemment ? C'est ça ?

MARTIN

Mais on ne peut pas vivre dans l'anarchie, voyons ! Ce serait la fin de l'humanité !

JANE

Ah, oui ! Tandis que l'ordre établi actuel nous protège complètement d'une éventuelle fin de l'humanité, c'est vrai…

Martin va s'asseoir sur le banc, toujours du côté cour, l'air dégoûté. Il pose son revolver sur le banc, à sa droite. Jane commence à discrètement montrer que son châle lui tient un peu trop chaud.

MARTIN

Je n'arrive pas à croire que tu défendes sincèrement ces idées !

JANE

Et pourtant… C'est gênant, hein ? De se dire que la volonté de faire le bien d'une personne comme moi est aussi forte que la tienne ! De se dire que le bien a autant de définitions qu'il y a d'êtres humains sur Terre ! Et que, quand bien même il y aurait certaines de ces définitions qui seraient objectivement plus valables que d'autres, ce n'est pas sur la base du bien commun que se décide leur viabilité, mais sur la force physique avec laquelle elles peuvent être défendues !

MARTIN

Mais qui aurait envie de vivre dans un monde où les choses dépendraient autant des points de vue ?!

JANE

Mais on vit *déjà* dans un monde comme ça ! La seule différence, c'est que les idéaux différents, les visions du monde différentes, sont réprimées avec violence au nom des intérêts de ceux qui ont le plus de moyens à leur disposition !

MARTIN

Mais c'est un état totalitaire, que tu me décris, là !

Jane va s'asseoir à la droite de Martin. Au passage, elle enlève son châle et le jette négligemment sur le revolver posé sur le banc.

JANE

Ça y est, tu commences à dire des gros mots, toi aussi ! Je vais t'en apprendre un nouveau : ploutocratie !

MARTIN

(en se levant) Mais… Tu es en train de dire que, quand, dans l'exercice de mes fonctions, je fais usage de violence sur des citoyens contrevenants aux lois en vigueur, je participe à une sorte de totalitarisme dictatorial…?

JANE

… avec pour seule légitimité celle dont tes employeurs parviennent à te convaincre !

MARTIN

Privilégiant l'ordre social sur les libertés individuelles fondamentales !

Jane se lève sans oublier de récupérer son châle et le revolver, qui reste caché dessous.

JANE

… et cela au nom des intérêts privés d'une minorité opprimante !

MARTIN

Mais alors…? Selon toi, la bienveillance commune devrait être le seul critère à prendre en compte si on veut établir un ordre social, quel qu'il soit !

JANE

Car tout état non-anarchiste est par définition totalitaire, liberticide et donc fasciste !

MARTIN

Mais, attends une minute…

JANE

Oui ?

MARTIN

Tu n'as rien dit de tes motivations, finalement… Car enfin, dans tout ça, il est quand même difficile de faire rentrer tes activités dans une recherche du bien commun…

JANE

Tu trouves ?

MARTIN

Tu es une meurtrière sadique multi-récidiviste à la tête d'un réseau de prostitution pédophile !

JANE

(réfléchissant un instant) Non, c'est vrai, tu as raison, ça ne colle pas… Si on se contente de voir

les choses comme ça, on pourrait effectivement croire que je ne cherche que le mal et le chaos. Mais tu oublies un élément crucial.

MARTIN

Quoi ?

JANE

Je t'ai piqué ton flingue.

Elle révèle le revolver et tire sur Martin qui tombe en arrière.

JANE

(en s'approchant de Martin qui essaie de s'éloigner en rampant) Richard, je ne le payais pas. C'était mon meilleur client.

Elle l'achève.

NOIR

[MUSIQUE punk qui met bien la pêche]

_II._ « Impénétrables »

Acte 1 : « Une Place au paradis »

La musique punk devient le générique d'une émission de télé. Une voix off, bien grave, retentit par dessus.

VOIX OFF

Ils sont plusieurs milliards de candidats et de candidates tous les jours, mais seuls quelques-uns parmi eux décrocheront le gros lot ! Ils sont prêts à tout pour inscrire leur nom dans la liste des élus, pour avoir une chance d'obtenir leur… Place au Paradis !

La lumière s'allume. Le décor est celui d'une émission de talk-show, avec un bureau pour la présentatrice un fauteuil au milieu pour l'invité et un canapé symétrique au bureau.

Debout devant son bureau, Madame Gâteau. Tenue stricte, lunettes. Une tablette numérique à la main.

MADAME GÂTEAU

Vous regardez _Une place au Paradis_, je suis Madame Gâteau, bonsoir !

Jingle et effets de lumière.

MADAME GÂTEAU

(elle attend la fin des applaudissements) Le jugement ! Vous êtes tous passés par là un jour ou l'autre, nous connaissons tous le jugement, le regard de l'autre, le regard sur nos actions, le regard sur nos intentions, les procès d'intention, les injustices ressenties, la peur du jugement, la peur de ne pas être jugé positivement, les…

Martin entre sur scène en reculant, regardant autour de lui d'un air perdu. Madame Gâteau s'interrompt.

MADAME GÂTEAU

(riant) Je vois que notre candidat est impatient, asseyez-vous donc, vous êtes en avance…

MARTIN

En avance ? En avance pour quoi ?

MADAME GÂTEAU

Vous allez très vite comprendre… Allez, on applaudit bien fort notre candidat ! *(elle va s'asseoir à sa place, derrière le bureau et l'applaudit elle-même)* Allons, ne soyez pas coincé comme ça, asseyez-vous, mettez-vous à l'aise !

Elle consulte sa tablette pendant que Martin va s'asseoir sur le fauteuil, méfiant.

MADAME GÂTEAU

Martin. Valdin.

MARTIN

(avec l'accent américain) Euh… Martin Walden…

MADAME GÂTEAU

(insistant sur la prononciation française) Martin, nous allons passer un petit moment ensemble ici, mais avant toute chose, je vais vous laisser la parole car je suis certaine que quelques questions vous brûlent les lèvres ! Et tous nos spectateurs attendent que vous les prononciez ! C'est à vous, Martin !

MARTIN

Euh… Vous êtes qui ? On est où ?

MADAME GÂTEAU

C'est exactement ça, Martin, exactement ça ! Allez, on l'applaudit ! *(applaudissements)* Mais vous avez bien une idée sur la question, n'est-ce pas ?

MARTIN

Ben… J'ai bien une idée, en effet, mais je n'ose pas…

MADAME GÂTEAU

Vous êtes mort.

MARTIN

Quoi ?!

MME GÂTEAU

Vous êtes mort !

MARTIN

(choqué) Vraiment ?

MADAME GÂTEAU

Ah, ben j'ai le rapport d'autopsie, si vous ne me croyez pas… Là, il est marqué que vous êtes mort à

16h23, le troisième mercredi du mois de février 2015… *(lisant)* Une balle de votre propre revolver a perforé votre poumon gauche, une autre a fait éclater votre foie, et une troisième a…

MARTIN

Oui, bon, très bien ! Je peux me passer des détails !

MADAME GÂTEAU

Bref, en tout cas, vous êtes mort, mon petit Martin.

MARTIN

… vous êtes vraiment sûre ?

MADAME GÂTEAU

Martin, Martin… Sérieusement, après être venu jusqu'ici en flottant dans un grand tunnel avec une grosse lumière blanche aveuglante au bout, et de la musique grégorienne à plein volume… vous avez encore des doutes ? Vous vous posez encore la question ? Entre nous…?

MARTIN

Je reconnais que l'idée m'a effleuré… ça met un peu la puce à l'oreille…

MADAME GÂTEAU

Allez, on donne un tonnerre d'applaudissements à notre décorateur qui a créé ce nouveau tunnel ! Merci pour lui ! *(applaudissements)*

MARTIN

Nouveau tunnel ?

MADAME GÂTEAU

Ah, oui, oui, il est de construction très récente, hein… Notre nouveau décorateur est un peu old school… Quand j'ai visité, ce tunnel, à son inauguration, j'ai cru que j'étais tombée dans la scène finale de *Ghost*…

MARTIN

Eh, spoiler !

MADAME GÂTEAU

Comment ? Vous n'avez pas vu *Ghost* ?

MARTIN

Ben non !

MADAME GÂTEAU

Ah… Bah, en même temps, tant mieux, ça vous aurait donné de fausses idées sur l'au-delà… Vous n'imaginez pas les malentendus que nous affrontons tous les jours, à cause de ce genre de films…

MARTIN

Ah bon…

MADAME GÂTEAU

Ben oui, hein… Mais je suppose que c'est la même chose pour tous les corps de métier, n'est-ce pas…? Vous imaginez prendre le bus pour la première fois après avoir vu *Speed* ? *(elle rit)* Ou croire que la police va retrouver les auteurs du cambriolage de votre maison parce que vous avez vu *les Experts* ?! *(elle rit)* Alors qu'on sait tous que les policiers sont des gros… *(elle s'interrompt en voyant l'air crispé de Martin, le regarde quelques secondes puis consulte sa tablette)* Vous étiez donc policier, au cours de votre vie, Martin, n'est-ce pas ?

MARTIN
(crispé) En effet…

MADAME GÂTEAU
Voilà un beau métier… Aucun doute que ça jouera en votre faveur dans la suite de notre émission…

MARTIN
Je… Je ne sais pas… Comment ça ?

MADAME GÂTEAU
Vous n'avez pas encore deviné pourquoi nous vous avons amené ici ?

MARTIN
Ben… non…

MADAME GÂTEAU
Très cher Martin, vous êtes ici, sur le plateau d'*une Place au paradis* pour faire estimer vos droits quant à l'accession au paradis !

Jingle et jeu de lumières.

MARTIN
Ah. Et vous allez faire comment ?

MADAME GÂTEAU
Vous allez voir, c'est très simple. Mais avant cela, je vous demande d'accueillir notre avocate spécialiste de l'accession au paradis qui vous assistera pendant toute l'émission, Madame Micro !

Madame Micro entre sur la musique du générique, et en fait, c'est Jane, celle qui a buté Martin dans l'introduction, mais habillée différemment. Elle a une tablette à la main. En la voyant, Martin se lève, cherche son revolver (qu'il n'a pas), s'énerve, se jette sur celle qu'il croit être Jane, et commence à la frapper, en la maintenant à terre, assis à cheval sur elle, dos au public.

MADAME GÂTEAU

Martin ! Martin ! Martin, arrêtez, attendez !

Martin arrête de frapper Madame Micro et se tourne vers Madame Gâteau.

MARTIN

(agressif) Mais quoi ?!

MADAME GÂTEAU

(tranquillement) Voulez-vous bien arrêter de frapper Madame Micro, je vous prie ?

MARTIN

Mais c'est elle qui a commencé ! Elle m'a assassiné !

MADAME GÂTEAU

Oh. Je vois. Ce n'était peut-être pas une si bonne idée de donner à Madame Micro le visage de la dernière personne que vous avez vue avant de mourir, alors ?

MARTIN

Quoi ?

MADAME GÂTEAU

Pour faire plaisir aux défunts qui viennent ici, Madame Micro prend généralement l'apparence de la dernière personne qu'ils ont vue avant leur mort, un peu comme un clin d'œil. Un *gentil* clin d'œil. Comme les gens décèdent, en général, entourés de ceux qu'ils aiment, c'est plutôt une bonne idée et ça se passe la plupart du temps très bien, c'est très émouvant, ça plaît beaucoup. Mais dans les cas, assez rares, des assassinats, il faudrait peut-être essayer de penser à autre chose…

MADAME MICRO

(essayant de lever la tête) Je trouve aussi que ça serait pas plus mal…

MADAME GÂTEAU

En tout cas, mon cher Martin, cette femme que vous malmenez n'est pas celle qui vous a tiré dessus.

MARTIN

Ah bon ?

MADAME MICRO

Promis, c'est pas moi !

MARTIN

Bon, d'accord. *(se relève puis aide Madame Micro à se lever, lui époussette les épaules)* Mes excuses pour la confusion, alors, Madame… Madame comment déjà ?

MADAME GÂTEAU

C'est Madame Micro.

MARTIN

Madame Micro… Madame Gâteau… tout le monde a des noms ridicules comme ça ? Si je vais au paradis, je vais devoir choisir de m'appeler, je sais pas, Monsieur Lampadaire, Monsieur Sucre en Poudre, un truc dans le genre ?

Madame Micro va s'asseoir sur le canapé, Martin sur son fauteuil.

MADAME GÂTEAU

Ne dites pas de mal de Monsieur Sucre en Poudre, s'il vous plaît, c'est une personne qui mérite toute votre estime, mon petit Martin.

MARTIN

Je ne voulais pas être insultant, désolé, je ne savais pas…

MADAME GÂTEAU

Madame Micro est une spécialiste, elle est là pour vous assister lors du décompte des points vous permettant d'accéder, ou non, au paradis !

MARTIN

D'accord… OK… Et ça marche comment ?

MADAME MICRO

Ah, ben c'est très simple, hein, vous allez voir, c'est mathématique.

MADAME GÂTEAU

On va simplement regarder votre vie, tout ce que vous avez fait depuis le début, de bien ou de mal, et on va ajouter ou soustraire des points.

MADAME MICRO

Et à la fin, nous verrons à combien de parts de paradis vous pouvez prétendre…

MARTIN

Attendez, quoi ? Comment ça, « combien de parts » ?! C'est pas éternel, le paradis ou l'enfer ?

MADAME MICRO

Hahaha, ben non, ça, c'est l'ancienne formule, monsieur, les choses ont changé depuis, quand même, et heureusement ! Vous vivez encore au Moyen-Âge !

MADAME GÂTEAU

Non, selon vos actions durant votre vie, vous aurez droit à une certaine quote-part de paradis, ou d'enfer. *(lyrique)* Et nous allons la définir ici, ce soir, tous ensemble !

Jingle et effet de lumières.

MARTIN

« Une certaine quote-part de paradis ou d'enfer » ?! Qu'est-ce que vous voulez dire ? C'est quoi ce charabia administratif ?

MADAME MICRO

Je vais essayer de vous expliquer ça…

Madame Micro fouille sur sa tablette.

MADAME GÂTEAU

Ça se compte en durée ressentie et en niveau de bonheur. Vous voyez ? Selon les points qui vous seront attribués en fin d'émission, vous pourrez prétendre à une certaine durée passée à un certain niveau de bonheur. C'est plus simple, comme ça ?

Madame Micro se lève du canapé et s'approche de Martin pour lui montrer sa tablette.

MADAME MICRO
Regardez sur ce graphique, vous avez le temps en abscisses et le bonheur en ordonnées, vous voyez, sur notre application, on rentre le résultat que…

MARTIN
(repoussant la tablette de la main) Non, mais ça, OK, j'ai compris…

MADAME MICRO
(en s'asseyant sur l'accoudoir du fauteuil) Non, mais attendez, regardez, l'application est très complète, depuis la dernière mise à jour, elle peut prendre en compte des cas très particuliers, vous voyez, grâce à ce nouveau formulaire, là, si vous entrez le…

MARTIN
(repoussant la tablette encore) Non, mais c'est bon, ça va, merci, j'ai vu… Mais, je veux dire… Enfin… Depuis quand vous avez besoin de tout ce fouillis administratif, dans l'au-delà ?! La vie après la mort n'est plus éternelle, maintenant ? Je veux dire… On n'est pas censé être libéré de tous nos tracas, quand on meurt ?

MADAME MICRO

(debout) Si vous aviez lu notre brochure dans la salle d'attente, vous sauriez tout ça…

MADAME GÂTEAU

Il y a eu de grands changements dans l'au-delà, récemment. Mais c'est une amélioration, vous savez.

MADAME MICRO

L'au-delà est enfin entré dans l'ère moderne, mon vieux !

MARTIN

Comment ça ? Je comprends rien à ce que vous racontez…

MADAME MICRO

(fièrement) On a installé une *démocratie* !

Jingle et effets de lumière.

MARTIN

(affligé, se paumefaçant) Oh putain… Oh, les cons…

MADAME MICRO

Bah quoi, fallait pas ?

MARTIN

Mais non, mais… je croyais que l'au-delà était au-dessus de ce genre de considérations !

MADAME GÂTEAU

Comment ça ?

MARTIN

Ben, vous savez, avec dieu qui décide tout, guide tout le monde, qui dit : « Toi, t'as été une bonne personne, toi t'étais méchant », et voilà !

MADAME MICRO

Vous confondez avec le Père Noël, mon vieux !

MARTIN

Et arrêtez de m'appeler « mon vieux », vous !

MADAME GÂTEAU

Vous auriez trouvé normal, vous, qu'il estime, tout seul, qu'il décide s'il trouve que vous avez été plutôt bien ou plutôt pas top et si vous méritez d'aller au paradis ou pas ?

MARTIN

Et pourquoi pas ? Les écritures le disent infaillible et tout puissant !

MADAME GÂTEAU

Et qui les a dictées, ces écritures, Martin…?

MARTIN

Bah… lui…

MADAME GÂTEAU

Donc, c'est lui qui vous a dit qu'il était parfait et comme il est parfait, ce qu'il a dit est forcément vrai…?

MARTIN

Euh…

MADAME GÂTEAU

Et ça tourne pas du tout en rond, votre raisonnement, mon petit Martin, n'est-ce pas ?

MARTIN

… Peut-être un peu…

MADAME GÂTEAU

Écoutez, si ça peut vous rassurer, sachez que jusqu'à relativement récemment, les choses se passaient exactement comme vous venez de le dire.

MARTIN

C'est-à-dire ? Les morts arrivaient ici, étaient jugés, puis envoyés en enfer ou au paradis pour l'éternité ?

MADAME MICRO

Exactement. Sans le moindre recours possible.

MADAME GÂTEAU

Et personne ne trouvait quoi que ce soit à redire.

MADAME MICRO

Mais, vous savez, avec l'âge, son infaillibilité… comment dire…? Il a commencé à être un peu moins infaillible…

MADAME GÂTEAU

Disons qu'il a commencé à devenir un peu trop arbitraire et autoritaire… et un peu vieux jeu…

MADAME MICRO

Et puis, par lassitude, il expédiait ses jugements un peu au hasard, aussi… Vous n'imaginez pas le nombre de mécontents que ça a fait !

MADAME GÂTEAU

Il y avait beaucoup de plaintes, des soulèvements, des rébellions. Ceux qui étaient en enfer n'acceptaient plus leur condition.

MARTIN

Ce n'est pas très étonnant, en même temps…

MADAME MICRO

Certaines familles pourtant très pieuses avaient été séparées…

MADAME GÂTEAU

Au paradis, certains avaient des proches qui avaient été envoyés en enfer et qu'il leur était impossible de voir. Pour l'éternité !

MARTIN

(*effrayé, se lève*) Et qu'est-ce qui s'est passé, alors ? Vous avez mené une révolution ? Vous avez attrapé… dieu… et vous lui avez coupé la tête sur la place publique ?! On peut faire ça ?! Vraiment ?!

MADAME MICRO

Vous êtes dingue ?! Sûrement pas !

Martin est soulagé.

MADAME GÂTEAU

Non, bien sûr que non ! Mais il y a bien eu un coup d'état, qui l'a forcé à limiter ses pouvoirs et à accepter l'élection d'un parlement…

MARTIN

Une élection ?! Par les morts ? Je veux dire… par *tous* les morts ?

MADAME MICRO

Exactement, les défunts ont élu des représentants dans leurs rangs !

MARTIN

Mais… Tous les morts, ça fait quand même beaucoup d'électeurs, non ?

MADAME GÂTEAU

(se lève et se dirige vers la droite de Martin) Et alors ? Oui, quelques-uns. Mais avec une bonne organisation, on arrive à tout, hein… Surtout ici ! Alors, bien sûr, au début, c'était surtout les principaux meneurs de la rébellion qui étaient élus. Mais depuis peu, on voit arriver de nouvelles têtes, avec de nouveaux projets bien plus sérieux !

MADAME MICRO

(lyrique, se lève et vient à la gauche de Martin) Nous aussi, ici, avons des lendemains qui chantent, Martin ! Notre futur est plein d'espoir !

Madame Micro passe son bras autour des épaules de Martin.

MARTIN

Des projets plus sérieux ? Comme quoi, par exemple ?

MADAME GÂTEAU

Vous n'avez pas deviné, mon petit Martin ? *(lyrique, passant elle aussi son bras autour des épaules de Martin)* Mais vous êtes en ce moment-même au beau milieu de l'un de ces magnifiques projets !

Jingle et effet de lumières.

MARTIN

Vous voulez dire que tout ça…? (*faisant un signe circulaire du doigt*)

MADAME GÂTEAU

Oui, Martin, vous êtes le sujet d'une production de divertissement public, financée et dirigée dans le but de servir au renouveau de notre société !

MADAME MICRO

Une émission divertissante, culturelle et très populaire ! Nos téléspectateurs aiment beaucoup voir comment se passe ce jugement, ils adorent le nouveau format !

MARTIN

Mais alors tout le monde passe par ici après sa mort ?

MADAME MICRO

Absolument !

MARTIN

Et tous les autres regardent ?

MADAME GÂTEAU

Voilà.

MARTIN

Mais ça représente des milliards d'émissions !

MADAME GÂTEAU

Des milliards de milliards, oui.

MARTIN

Mais c'est impossible, enfin, ça prendrait des milliards d'années !

MADAME GÂTEAU

Et vous croyez que nous disposons de combien de temps, ici, gros malin…? D'autant que le temps, ici, est de conception assez relative… Vous vous en rendrez compte par vous-même, mais, pour le dire très schématiquement, nous pouvons littéralement faire plusieurs choses en même temps. Je suis, par exemple en train de diriger plusieurs centaines d'émissions similaires simultanément, pendant que je vous parle.

MARTIN

Mais c'est… Hein ?

MADAME GÂTEAU

C'est compliqué, on vous expliquera si c'est nécessaire, pendant votre séjour. Mais pour le moment, il faudrait que nous passions à la suite de l'émission !

MARTIN

(*essayant d'être positif*) Bon… Je suppose que vous ne me laissez pas d'autre choix, de toute façon…

MADAME GÂTEAU

Allez ! Un peu plus d'enthousiasme, mon petit Martin ? Vous vous sentez enfin prêt ?

Martin hausse les épaules, et lève les mains l'air de dire qu'il semble ne pas avoir le choix et que bon, il faut bien y aller à un moment, n'est-ce pas.

MADAME GÂTEAU

Et vous, Madame Micro, ça va ?

MADAME MICRO

Parfaitement bien, Madame Gâteau !

MADAME GÂTEAU

C'est parfait ! Alors on va faire une petite pause de publicités et on revient de suite après.

Jingle un peu plus long et effets de lumière. Madame Gâteau et Madame Micro se détendent, se lèvent, marchent, etc.

MARTIN

Quoi ? Des publicités ?

MADAME MICRO

Bien évidemment, Martin ! Mais ne vous en faites pas, ça ne dure pas très longtemps.

MARTIN

Même ici, il y a des publicités ?!

MADAME MICRO

Mais c'est ça, la démocratie et la liberté, mon vieux !

MADAME GÂTEAU

(s'adressant au public, avec un ton de chauffeur de salle) Alors, ça va, public, vous vous sentez bien ? Qui va retourner au paradis, après l'émission ? Et qui rentre en enfer ? Vous pensez que Martin ira où, lui ? *(elle improvise un peu puis revient vers Martin)* Et vous, mon petit Martin, comment vous vous sentez ? Faut vous décoincer un peu, hein, pour la suite !

MADAME MICRO

Alors si vous me permettez, j'ai beaucoup aimé votre étonnement constant et votre candeur, c'était très bien ! Ça va nous faire de très belles séquences, ça, j'espère qu'on a fait des gros plans sur votre visage !

MARTIN

D'accord…

MADAME GÂTEAU

Vous allez l'air soucieux, mon petit, tout va bien ?

MARTIN

(après hésitation) Et bien… Je me demandais… dieu… qu'est-ce qu'il est devenu dans tout ça, alors ?

MADAME GÂTEAU

Oh, ça vous inquiète ? Rassurez-vous, mon petit Martin, il conserve son titre, mais il n'a plus qu'un rôle diplomatique…

MARTIN

Comme la reine d'Angleterre ? Il sert… pour la décoration ?

MADAME MICRO

C'est à peu près ça…

MADAME GÂTEAU

Sauf que personne ne commentent ses jolis chapeaux et ses jolis tailleurs…

MARTIN

Attendez, c'est incroyable, ça, vous êtes vraiment en train de me dire que l'au-delà est devenu une sorte de, de… de monarchie parlementaire ?

MADAME GÂTEAU

Soyons toujours précis et exacts dans les termes que nous employons, mon petit Martin ! Il s'agit d'une…

MADAME MICRO et MADAME GÂTEAU

(à l'unisson) … divinocratie parlementaire.

Jingle et effets de lumière.

MADAME GÂTEAU

Eh, la régie, t'es pas obligée d'écouter nos conversations pendant les pauses !

MARTIN

Mais alors… pour les… vous avez vraiment tout ré-organisé en repartant de zéro ? Vous avez fait sortir tout le monde et refait la distribution des gens entre les enfers et le paradis ?

MADAME GÂTEAU

C'est à peu près ça, oui…

MARTIN

Vous avez fait une émission comme celle-là pour chacun des morts ?

MADAME GÂTEAU

Tout à fait.

MADAME MICRO

Pardonnez-moi, Martin, mais, vous savez, il est vu comme offensant d'utiliser le mot qui commence par M et rime avec « Alain Chamfort » pour parler des gens d'ici… C'est pas la peine de remuer le couteau dans la plaie…

MADAME GÂTEAU

C'est exact, je voulais vous le faire remarquer aussi. Vous verrez rapidement, personne n'aime se faire rappeler aussi crûment que son corps physique est en train de pourrir quelque part sous une pierre. Faites-y attention lorsqu'on reprendra l'antenne, d'accord ?

MARTIN

Oui… Désolé… Je dois dire quoi, du coup ? Les âmes ? Les défunts ? Les personnes décédées ? C'est quoi, le terme consacré ?

MADAME GÂTEAU

Il n'y a pas de terme vraiment « consacré », n'importe quelle appellation faisant un peu moins directement référence au décès fera l'affaire. Les occupants de l'au-delà sont des gens, tout simplement. Ce sont des personnes sensibles, peu importe qu'ils soient hommes, femmes, chats, chiens, loutres… Allez, on se remet en place, antenne dans une minute.

MADAME MICRO
(fière) Depuis la révolution, en tout cas, main dans la main, nous sommes tous et toutes des *citoyens* !

MARTIN
Attendez, attendez ! Quoi ?! Des chats, des chiens…?

MADAME GÂTEAU
(souriant, voyant où il veut en venir) Oui ?

MARTIN
(choqué) Les animaux…

MADAME GÂTEAU
(même jeu) Oui…?

MARTIN
Les animaux viennent ici aussi quand ils meurent ?!

MADAME MICRO
Ben vous voudriez qu'ils aillent où ?

MADAME GÂTEAU
Oui, ils viennent ici. Et, grâce à vous-autres, humains, il en vient *beaucoup*. Les humains sont largement minoritaires, ici.

MARTIN

Mais leur droit au paradis est estimé à leur arrivée, pour eux aussi ?!

MADAME MICRO

Bien évidemment !

MARTIN

Ici ?!

MADAME MICRO

Ben oui, enfin ! D'ailleurs si vous me permettez l'expression, ils sont tellement nombreux que c'est un véritable *enfer* pour organiser toutes les émissions correspondantes ! *(elle rit toute seule à sa blague)* Je voulais dire un *casse-tête*, vous avez compris, n'est-ce pas ? *(moment de solitude)*

MADAME GÂTEAU

Ceci dit, de toute façon, on leur accorde quasiment à tous les coups de très longs droits au paradis, vu ce que vous leur faites vivre en bas. En enfer, au final, on ne trouve presque que des humains. Et des chats.

MADAME MICRO

À peu près tous les chats, en fait…

MARTIN

Non, mais vous vous rendez compte ce que ça veut dire ?

MADAME GÂTEAU

Pour vous-autres, humains, oui, nous savons très bien que ça constitue un sacré choc, de se rendre compte que les animaux ont les mêmes droits que vous, dans l'après-vie… Que voulez-vous, vous êtes tellement auto-centrés, vous ne vous rendez jamais compte de rien… Allez, tout le monde se concentre, on reprend l'antenne dans cinq, quatre, trois… *(deux secondes silencieuses)* Nous sommes de retour pour *une Place au paradis*, notre invité s'appelle Martin, bonsoir à tous !

Jingle et effets de lumière.

Acte 2 : « Le Jugement »

MADAME GÂTEAU
Alors, mon petit Martin, il est temps de passer aux choses sérieuses !

MARTIN
On dirait bien, oui.

MADAME GÂTEAU
Nerveux ?

MARTIN
Oui, un peu…

MADAME GÂTEAU
Il ne faut pas, tout va bien se passer. Vous n'êtes pas confiant ?

MARTIN
Je ne sais pas… je devrais l'être ?

MADAME GÂTEAU
Vous en pensez quoi, Madame Micro ?

MADAME MICRO

Je pense que cette fois, on a de très fortes chances d'y parvenir, vu les derniers éléments que j'ai pu consulter.

MARTIN

Comment ça, « cette fois » ?

MADAME GÂTEAU

C'est vrai que Martin est carrément mort en faisant son travail, ça peut faire beaucoup de points d'avance !

MADAME MICRO

Ça n'est pas si sûr, souvenez-vous cette pauvre femme qui était morte dans la cuisine du restaurant qui l'employait, les veines tranchées par les morceaux d'un verre cassé... Vous l'avez malgré tout envoyée en enfer...

MADAME GÂTEAU

Je me souviens très bien, mais permettez-moi surtout de vous rappeler que nous avions conclu à un suicide ! Et le suicide, ça fait forcément des points négatifs !

MADAME MICRO

Elle prétendait tout de même qu'il s'agissait d'un accident...

MADAME GÂTEAU

Il disent tous ça ! Enfin, nous n'allons pas refaire son procès ici, c'est du passé, maintenant !

MADAME MICRO

Vous avez raison, excusez-moi ! En tout cas, pour Martin, je suis optimiste !

MADAME GÂTEAU

C'est très bien, ça, très bien ! Dans ce cas, si vous n'y voyez pas d'inconvénients, nous allons tout de suite passer au … Jugement !

Jingle et effet de lumière.

MADAME GÂTEAU

Martin. Nous allons maintenant passer en revue un certain nombre de points importants dans votre vie, nous allons vous poser des questions, et nous attendrons les réponses les plus franches possibles. Bien sûr, si vous mentez, nous le saurons immédiatement, et selon l'importance du mensonge, ça pourra vous coûter des points !

MARTIN

Je n'ai pas l'intention de mentir !

MADAME GÂTEAU

Nous verrons cela. Pouvez-vous nous rappeler ce que vous avez fait au sous-sol du *Macumba*, le 12 juin 2006, autour de deux heures du matin ?

MARTIN

(très gêné) Je… je ne me souviens pas… du tout.

Le bip des mauvaises réponses retentit.

MADAME MICRO

Oh non, Martin…

MADAME GÂTEAU

(riant) Le souvenir gênant, ça marche à tous les coups ! Je voulais simplement vous montrer qu'aucun mensonge n'est possible avec nous. À chacun de vos mensonges, nous entendrons ce son. *(elle lève la main, le bip des mauvaises réponses retentit)* Pour l'affaire qui nous intéresse, vous vous souvenez parfaitement avoir assisté, au sous-sol du *Macumba*, à un strip-tease masculin, y avoir participé…

MARTIN

Non, mais c'est pas vrai !

Nouveau bip.

MADAME GÂTEAU

… et y avoir pris du plaisir.

MARTIN

Alors là, non !

Nouveau bip.

MADAME GÂTEAU

Il faut que vous compreniez qu'il n'y a aucune honte à avoir à ce sujet avec nous, les faits sont les faits, et nous avons accès à chacun d'entre eux. Cette petite expérience avait pour but de vous le démontrer, tout simplement.

MARTIN

Ah, ça comptait pas vraiment, alors ?

MADAME GÂTEAU

Ah, si, si, trois mensonges sur votre sexualité, ça vous fait commencer avec trente points de retard, c'est pas terrible, mon petit.

MARTIN

Mais c'est pas juste !

MADAME GÂTEAU

Aaaah, si, si, si, attendez, je vous avais prévenu, en plus.

MADAME MICRO

Franchement, Martin, faites un peu attention ! Personne n'aime les menteurs !

MARTIN

(très hésitant) Et l'acte homosexuel me fait des points négatifs aussi…?

MADAME GÂTEAU

Oh, ça ? Vous plaisantez, on s'en fout complètement, mon petit Martin.

MARTIN

Quoi ?!

MADAME MICRO

Vous n'allez pas vous plaindre, si ? Elle vous dit qu'on ne s'intéresse pas à votre vie sexuelle…

MARTIN

Mais… je croyais…

MADAME GÂTEAU

Vous pensiez que c'était un péché ? Et bien non, ça ne l'est plus ! Après le coup d'état, on a un peu actualisé la liste des péchés qui conduisent en enfer…

MADAME MICRO

Et aussi celles des critères de sélection pour avoir droit au paradis !

MARTIN

Ce n'est pas possible, l'homosexualité n'est plus un péché mortel ?!

MADAME MICRO

Cachez votre joie, mon vieux ! Vous avez l'air de le regretter…

MARTIN

Non, ce n'est pas ça, c'est que… c'est que…

MADAME GÂTEAU

C'est que vous êtes passé à côté de votre vie parce que vous pensiez que vos propres sentiments étaient un pêché, voilà ce que vous essayez de dire ?

Martin reste silencieux.

MADAME GÂTEAU

Ben, écoutez, tant pis pour vous, mon petit Martin, ça ne vous fera pas de points négatifs, parce qu'ici, ça ne nous concerne pas vraiment, que vous ayez réussi à vous rendre heureux ou que vous vous soyez rendu la vie impossible tout seul au nom de considérations futiles ! C'était votre choix…

MARTIN

Alors qu'est-ce qui vous concerne, de ce que j'ai fait dans ma vie ?

MADAME GÂTEAU

Votre productivité.

MARTIN

Quoi ?

MADAME MICRO

Votre participation à l'effort collectif, si vous préférez.

MARTIN

(pensant comprendre) Ah, vous voulez voir si par mon existence, j'ai fait progresser l'humanité vers un avenir meilleur ?

MADAME GÂTEAU

Ce n'est pas tout à fait ça…

MADAME MICRO

En fait, on veut savoir si vous avez bossé dur, si vous avez été un bon travailleur rentable, si, par vos actions, vous avez produit des richesses, quoi !

MARTIN

Des richesses ?

MADAME MICRO

Du fric ! Du pez ! Du flouze ! Comment vous voulez qu'on vous le dise ?!

MARTIN

Vous êtes sérieuses, là ?

MADAME GÂTEAU

On ne peut plus sérieuses. Pourquoi ?

MARTIN

Le paradis, c'est une récompense pour les plus travailleurs ?

MADAME MICRO

Pas tous, hein ! Seulement les plus dévoués, les plus rentables et les plus productifs.

MADAME GÂTEAU

Et ceux qui les font travailler dur, aussi, bien sûr.

MADAME MICRO

Bref, pas de place au paradis pour les feignasses et les parasites !

MARTIN

Mais… et les envieux ?

MADAME GÂTEAU

Pas notre problème, ça.

MARTIN

Les adultères ?

MADAME MICRO

On s'en fout.

MARTIN

Les gourmands ?

MADAME GÂTEAU

C'est bien, ça, ça consomme !

MARTIN

Les colériques ?

MADAME MICRO

Tant qu'ils bossent…

MARTIN

Les paresseux ?

MADAME GÂTEAU

Ah, ben non, là ça passe pas !

MADAME MICRO

Ceux-là, hop, direct en enfer ! Faut pas déconner, non-plus !

MARTIN

Vous êtes en train de me dire qu'en fait, je me suis trompé en appliquant les préceptes de mon église pour décider du bien et du mal dans ma vie ?

MADAME MICRO

Bah, un peu, ouais. Fallait bosser, c'est tout !

MADAME GÂTEAU

Ceci dit, ne vous en faites pas, hein, vous étiez policier, vous avez remis des gens au boulot, quand même. Ça compte, ça.

MARTIN

Mais enfin, comment ça se fait que l'au-delà défende des valeurs si matérialistes ?

MADAME MICRO

Ah, mais c'est le résultat des élections, mon cher !

MADAME GÂTEAU

Le Comité d'Organisation et de Négociation quant à l'Accueil Réglementé des Défunts a été constitué par quelqu'un qui, de son vivant, fut un très riche industriel qui a lui-même fait travailler très durement beaucoup de gens. Il a été élu, il applique sa philosophie, c'est tout.

MARTIN

Mais alors, tout ce que j'ai fait de bien dans ma vie…?

MADAME GÂTEAU

C'est à dire ? Détaillez, mon petit Martin, nous voulons tout savoir ! Qu'avez-vous fait de bien, dans votre vie ? Dites-nous tout !

MARTIN

Et bien… Pour commencer, par exemple, tous les dimanches midi, avec un petit groupe de personnes de mon église, nous préparions des repas pour les pauvres de notre quartier…

MADAME MICRO

Oh non, Martin…

MADAME GÂTEAU

Don de moyens de subsistance à des parasites oisifs et improductifs, cent-cinquante points de moins !

MARTIN

Mais il y avait des enfants, parmi eux, quand même !

MADAME GÂTEAU

Circonstance aggravante ! Enseignement des bénéfices de l'oisiveté à des personnes très influençables du fait de leur jeune âge ! Ce n'est pas cent-cinquante, mais deux cents points négatifs que je vous attribue ! De plus, vous avez bien dit : « tous les dimanches » ?

MARTIN

En effet…

MADAME GÂTEAU

Donc vous ne travailliez pas, pendant ce temps ! Refus de travailler le dimanche, un classique, cinquante points de moins !

MARTIN

Mais c'est le repos dominical ! C'est dans la bible !

MADAME GÂTEAU

Ben oui, mais la bible, c'est l'ancien code !

MARTIN

Et ça représentait du travail, j'y consacrais beaucoup d'énergie ! Je travaillais dur, pour ça ! Vous avez dit que l'important, c'était de travailler dur !

MADAME GÂTEAU

Ah oui ? Gaspillage de votre énergie pour des préoccupations inutiles. Vingt points de moins !

MADAME MICRO

Mais vous êtes sûr que vous voulez aller au paradis, Martin ?!

MARTIN

Mais j'ai fait ça précisément *pour* aller au paradis !

MADAME GÂTEAU

Ah, de l'opportunisme, c'est bien, ça, cent cinquante points positifs !

MARTIN

Quoi ?! Mais c'est n'importe quoi !

MADAME MICRO

Pas du tout ! Si vous saviez le nombre de dossiers où l'opportunisme du sujet a été décisif !

MADAME GÂTEAU

Mon petit Martin, cela ne fait pas cinq minutes que nous avons commencé votre décompte, et vous êtes déjà à moins cent cinquante points ! Laissez-moi vous dire que c'est un début très maladroit ! Je vous souhaite de réussir à vous rattraper dans la suite !

MARTIN

(cherchant) Je… J'ai… Je suis mort en travaillant, vous avez dit tout à l'heure que ça me ferait des points !

MADAME MICRO

Oui, voilà, très bien !

MADAME GÂTEAU

C'est vrai, c'est une marque de dévouement total à votre métier. Mais bon, vous étiez fonctionnaire de police, hein, vous n'enrichissiez personne directement par le fruit de votre travail, je ne compterai donc que trois cents des cinq cents points que ça représente. Vous passez cependant dans le positif pour la première fois de la soirée, félicitations !

MADAME MICRO

(rêveuse) Ah, je me souviens le défunt qui était à votre place juste avant vous… lui, il est mort après une fracture de la colonne vertébrale due au fait qu'il portait des charges trop lourdes toute la journée, à son travail ! Un dossier tellement facile, il en avait souffert pendant des années, on a réussi à faire valoir plus de mille cinq cents points rien que sur les circonstances de sa mort ! Et encore mieux, il était mort avant l'âge de la retraite, il n'avait rien coûté à la communauté ! Du pain béni !

MADAME GÂTEAU

De plus, Martin, vous êtes mort parce que vous vous êtes fait voler votre arme de service. Faute de travail. Quarante points de moins. Vous êtes à cent dix points.

MADAME MICRO

Oh, ça, c'était un coup bas, Madame Gâteau !

MADAME GÂTEAU

Bah attendez, c'est pas le tout de travailler, faut le faire bien, aussi !

Martin se lève et contourne le canapé pour s'asseoir à côté de Madame Micro.

MARTIN

Bon, alors, avec cent dix points, j'ai droit à combien de temps au paradis ?

MADAME GÂTEAU

Oh, là, ne vous précipitez pas, on n'en a pas fini, vous savez !

MADAME MICRO

Une centaine de points, c'est rien du tout, hein, ça va vous faire dans les deux-trois heures, quelque chose comme ça…

MARTIN

Quoi, c'est tout ?! Mais c'est ridicule ! Personne ne doit réussir à aller au paradis, à ce compte-là !

MADAME MICRO

Oh, si, si, vous en faites pas, certains y arrivent bien.

MADAME GÂTEAU

Ce que nous ne vous avons pas dit, mon petit Martin, c'est que vous pouvez accumuler les points !

MARTIN

Quoi ? Comment ça ?

MADAME MICRO

Sur plusieurs vies, Martin !

MARTIN

Qu'est-ce que vous me racontez ?

MADAME GÂTEAU

Vous pouvez refuser d'aller au paradis ou en enfer pour repartir sur Terre et continuer d'accumuler des points, en espérant faire un score bien meilleur à votre prochain passage ici ! Mais vous ne pouvez faire ça que trois fois d'affilée.

MARTIN

Vous voulez dire que je pourrais me réincarner ?

MADAME GÂTEAU

C'est même mieux que ça, Martin, vous allez *forcément* vous réincarner !

MADAME MICRO

Une fois que vous avez dépensé tous vos droits au paradis (ou à l'enfer), vous vous réincarnez, de toute façon.

MARTIN

Vous voulez dire qu'on se réincarne tous, tout le temps ?!

MADAME MICRO

Ben oui, vous vous rendez compte ? L'au-delà serait surpeuplé, sans cela !

MARTIN

On se réincarne… C'est les bouddhistes qui avaient raison, finalement…

MADAME GÂTEAU

Vous savez, toutes les religions ont leur part de raison, finalement. Les bouddhistes avaient compris la réincarnation, les catholiques l'existence du purgatoire, les capitalistes l'importance de l'exploitation humaine…

MARTIN

Mais… le capitalisme n'est pas une religion !

MADAME GÂTEAU

Allez donc dire à vos compatriotes d'arrêter d'adorer le dieu argent, dans ce cas…

MARTIN

Mais alors… Peut-être que je suis déjà passé ici et que j'avais déjà accumulé des points ?

MADAME GÂTEAU

C'est très probable, en effet.

MARTIN

La situation n'est peut-être pas si mauvaise !

MADAME GÂTEAU

C'est bien, un peu d'optimisme malgré tout ! Allez, on continue !

MARTIN

(peu enthousiaste) Allons-y…

MADAME MICRO

(regardant sa tablette) J'ai ici la preuve que, par son action en tant qu'officier de police, Martin a, indirectement, poussé une trentaine de personnes au travail.

MARTIN

J'ai fait ça, moi ?

MADAME MICRO

Ben oui. Une dizaine des prostituées que vous avez arrêtées se sont reconverties en femme de ménage ou autres rudes métiers, à peu près autant de délinquants et SDF que vous avez chassés ont également trouvé des petits jobs dont personne ne voulait…

MARTIN

Une dizaine seulement ? Mais en quinze ans de carrière, j'en ai interpellé des centaines !

MADAME MICRO

Ne soyez pas trop dur avec vous-même, c'est pas si mal, faut quand même pas se mentir au sujet de l'efficacité et de l'utilité de votre métier, hein… la plupart de vos victimes se contentent simplement d'être plus vigilantes et vous évitent…

MADAME GÂTEAU

En attendant, je vous accorde six cent points de plus, vingt points par personne mise au travail.

MARTIN

(désabusé) Super, ça doit faire dans les dix heures de paradis de plus… Je vais bientôt pouvoir y passer plus de temps que je n'en aurais passé ici…

MADAME MICRO

Par sa fonction policière, mon client a tout de même participé au maintien et à la pérennité d'un système social permettant l'enrichissement matériel durable des plus riches ! Certes, sur le dos des plus défavorisés…

MARTIN
Mais non, enfin, ne dites pas ça comme ça !

MADAME GÂTEAU
Ben voilà ! Ça, c'est du dossier ! Je vous accorde cinq mille points d'un coup ! Vous voyez, c'est comme ça qu'on se défend, mon petit Martin !

MARTIN
Cinq mille points ?!

MADAME MICRO
Évidemment, Martin, ne soyez pas modeste, vous êtes un défenseur du bien, vous le méritez !

MARTIN
Donc, finalement, c'est ça, le bien ?

MADAME GÂTEAU
S'il existe quelque chose qui s'appelle « le bien », c'est forcément ce qui est récompensé par une accession au paradis, en fin de compte, non ?

MADAME MICRO
Et ce qui est mal c'est ce qui conduit en enfer !

MARTIN
Alors c'est comme ça… Je me suis totalement trompé en essayant d'être honnête, loyal, fidèle, fiable… Le bien que je défendais n'a aucune importance… Seuls comptent la rentabilité et l'effort…

MADAME GÂTEAU

Et bien oui, mon petit Martin, c'est comme ça. Je vois ici, d'ailleurs, que vous avez arrêté vos études prématurément, avant de postuler pour être policier…

MARTIN

Oui, comme je travaillais en même temps pour avoir un peu d'argent, je n'ai pas eu le temps de m'y consacrer assez…

MADAME MICRO

C'est bien, ça !

MADAME GÂTEAU

Et vous n'avez pas perdu de temps à réessayer plusieurs années de suite comme le font beaucoup d'autres, je vous accorde donc deux cents points pour le fait d'avoir eu un travail au moment où ça vous gênait le plus, et trois cents de mieux pour avoir abandonné vos études. Ce qui nous fait cinq cents points de mieux !

MARTIN

(essayant d'être convaincu) Euh… Super…

MADAME MICRO

Et on n'oublie pas les quinze ans de carrière au même poste !

MADAME GÂTEAU

Mille points !

MADAME MICRO

Et l'absence systématique de remise en cause des ordres des supérieurs !

MADAME GÂTEAU

Trois cents points !

MADAME MICRO

Mon client n'a pas demandé d'augmentation de salaire en devenant inspecteur !

MADAME GÂTEAU

Deux cents cinquante points !

MADAME MICRO

Vous allez voir, Martin, on va y arriver !

MADAME GÂTEAU

Cependant, je vois ici que vous avez profité de tous vos congés et en avez même demandé plus au nom, je cite, des heures de travail que vous accomplissiez…

MARTIN

J'en accomplissais beaucoup, quand même, chaque semaine ! J'avais demandé des jours de congé pour me reposer après une période où je travaillais jour et nuit sans pouvoir dormir plus de quelques heures de temps en temps !

MADAME GÂTEAU

Ne vous cherchez pas d'excuses, Martin ! Je vous accorde cinq cents points pour les heures de travail, mais vous en retire sept cents pour avoir demandé du repos et vous être plaint de trop travailler !

MADAME MICRO

Ce qui fait deux cents points de moins !

MARTIN

Oui, je sais compter, merci…

MADAME GÂTEAU

Et je pense qu'on est pas loin d'avoir fait le tour de ce qui nous intéressait…

MARTIN

Quoi, déjà ? On a à peine abordé quelques points, presque au hasard ! Tout ce que j'ai fait de ma vie à côté de mon métier, on ne va pas en parler ?

MADAME GÂTEAU

Vous voulez parler de toute votre agitation humaine ? Vous savez, bien peu de choses de ce que vous faites de votre vivant entre en compte dans notre verdict finale… Pour avoir pu parcourir le dossier de votre vie, je dois vous dire que ce n'était pas franchement très intéressant… Vous avez passé beaucoup de votre temps sur Terre à ne rien faire du tout, finalement. Comme tout le monde, en fait.

MARTIN

Alors c'est bientôt fini ?

MADAME GÂTEAU

Absolument. À moins que vous ne vouliez ajouter des éléments ?

MADAME MICRO

(fouillant frénétiquement sur sa tablette) Attendez, attendez, je vais bien trouver quelque chose…

Travail de nuit ? Pression menée sur sa jeune sœur pour qu'elle trouve un travail ? Exploitation d'une jeune fille aux pairs pour lui faire faire le ménage ? Utilisation des enfants du quartier pour leur faire tondre sa pelouse pour deux dollars !

MADAME GÂTEAU
Allez, j'accorde un total de mille points de plus pour l'ensemble des éléments que vous venez de nous donner, et ceux qu'on pourrait oublier et qu'on n'en parle plus !

MADAME MICRO
(marchandant) Mille cinq cents !

MADAME GÂTEAU
Mille deux cents.

MADAME MICRO
Mille trois cents ?

MADAME GÂTEAU
Allez, je vous le fais à mille deux cent cinquante et c'est ma dernière offre !

MADAME MICRO
Marché conclu !

MARTIN
Vous croyez que je vais m'en sortir, moi, avec mille deux cent cinquante points de plus ?

MADAME MICRO
Nous verrons bien !

MADAME GÂTEAU

Martin, mon petit Martin, vous vous sentez bien, ça va ?

MARTIN

Ça peut aller…

MADAME GÂTEAU

Vous avez supporté tout cela avec un calme impressionnant, mon petit Martin, vous m'avez épatée ! Allez, levez-vous, Martin, et venez vous installer derrière… *(incisive)* la barre du verdict !

Jingle et effet de lumière. Martin se lève et se dirige vers la « barre du verdict » qu'un figurant amène au milieu de la scène.

MADAME GÂTEAU

Allez, public, on l'encourage !

Madame Gâteau et Madame Micro font des signes pour pousser le public à applaudir. Quand Martin est à la barre, Madame Gâteau se tourne vers lui.

MADAME GÂTEAU

Alors, est-ce que vous savez combien de points vous avez réussi à accumuler ce soir ?

MARTIN

Je ne sais pas précisément, mais il me semble qu'il y en a quelques milliers…?

MADAME GÂTEAU

Quelques milliers, oui… rien de plus précis, alors ?

MARTIN

Non, je n'ai pas compté…

MADAME GÂTEAU

Dans le public, quelqu'un a compté ? Quelqu'un peut donner un chiffre plus précis que « quelques milliers » ?

Improvisation avec le public, si certains veulent parler.

MADAME GÂTEAU

Madame Micro, vous avez, vous, le total qui vient de s'inscrire sur votre tablette ! Sans le révéler, vous pouvez nous dire si vous êtes satisfaite ?

MADAME MICRO

Je suis tout à fait satisfaite, je pense que nous avons fait du bon travail !

MADAME GÂTEAU

Dans quelques instants, Martin, nous allons vous dire à combien de points vous avez eu droit. Mais avant cela, laissez donc notre Grand Annonceur vous présenter les cadeaux que l'on vous offre pour votre participation !

Jingle et effet de lumière.

VOIX OFF

Pour votre participation, Martin, les Éditions du Manuel pour Personnes Décédés vous offrent un abonnement pour le temps que durera votre séjour parmi nous à leur mensuel de jardinage. Du sol de lave au sol de nuage, la culture dans l'au-delà n'aura bientôt plus aucun secret pour vous !

MARTIN
(regardant en l'air, comme s'il répondait à la voix off) Oh, ben super… merci…

MADAME GÂTEAU
Ne boudez pas votre plaisir, Martin ! Et comme une bonne nouvelle ne vient jamais seule, nous allons maintenant passer à l'annonce de votre score, ce soir ! Grand Annonceur, c'est à vous !

Musique angoissante de suspense.

VOIX OFF
Le candidat a rassemblé un total de : 8810 points !

Effet de lumière, musique de victoire.

MADAME GÂTEAU
Huit mille huit cent dix points, Martin, c'est fabuleux, non ?! Vous êtes heureux ?

MARTIN
Je, oui, je suppose… *(à Madame Micro)* Ça fait combien de temps, ça !

MADAME MICRO
(se levant pour lui montrer sa tablette) Regardez, je rentre votre score dans mon application, sur ce

formulaire. Voilà, c'est en train de charger. *(attente)* Attendez… Ça va venir… Bon, le réseau est pas terrible, ici. Attendez, j'actualise la page et je recommence, je rentre votre score dans le formulaire. Huit mille… huit cent… dix… *(tend la tablette vers le haut pour mieux capter)* Ah ! Voilà ! …

MADAME GÂTEAU

Attention, Martin, ce n'est pas tout ! Nous allons maintenant devoir tenir compte de vos vies antérieures et de ces scores qui vous avaient poussé à repartir sur Terre !

MARTIN

Ah, oui, c'est vrai, il y a ça ! Je vais voir qui j'étais dans mes vies précédentes ?!

MADAME GÂTEAU

Absolument ! Et nous allons tout simplement procéder à une petite addition pour savoir votre score total !

MARTIN

Je me connais, moi, j'aurais choisi d'être réincarné, pour prendre tous les points d'un coup à la fin !

MADAME GÂTEAU

Peut-être est-ce effectivement ce que vous avez fait ! *(regardant sa tablette)* Mon petit Martin, avant de revenir ici ce soir, vous avez effectivement déjà demandé à retourner sur Terre… Trois fois !

Cette possibilité vous est donc interdite ce soir, vous allez aller soit en enfer, soit au paradis !

MARTIN

Ah bon ?

MADAME MICRO

C'est ce que je vous expliquais tout à l'heure, vous pouvez accumuler vos points sur quatre vies maximum ! Quand vous venez ici à la fin de votre quatrième vie, c'est forcément décisif !

MARTIN

Mais pourquoi quatre ?

MADAME MICRO

Parce que c'est comme ça.

MADAME GÂTEAU

Lors de la première de ces vies, vous aviez accumulé… cinq cent points positifs !

MADAME MICRO

Ça fait pas grand-chose, ça, je comprends que vous ayez voulu recommencer !

Martin est nerveux comme un candidat de jeu télévisé.

MADAME GÂTEAU

Lors de la deuxième de ces vies, vous avez accumulé… Douze mille trois cent points !! On l'applaudit !

MADAME MICRO

C'est un jackpot, Martin, vous avez plus de vingt mille points !

MADAME GÂTEAU

Et lors de votre vie précédente, Martin, vous avez accumulé…

Attente nerveuse. Madame Micro se tient près de Martin et lui tapote le dos en signe de soutien. Roulement de tambours.

MADAME GÂTEAU

Moins cinq cent mille points.

MARTIN

Quoi ?!

MADAME MICRO

C'est pas possible ?!

MADAME GÂTEAU

Hélas si, lors de votre précédente vie, vous étiez Nelson Mandela…

MADAME MICRO

Oh non ! La tuile !

Elle va s'asseoir, dépitée.

MARTIN

Et c'est pas bien, ça ?! J'ai entendu dire assez souvent que c'était un type vachement bien !

MADAME GÂTEAU

Vous plaisantez ? Vingt-sept ans à rester en prison à rien foutre ?! Vous les avez bien mérités, vos cinq cent mille points négatifs !

MARTIN

Mais ce n'est quand même pas ma faute ?!

MADAME MICRO

Je suis désolé, mon garçon, les règles du jeu sont parfois difficiles, mais c'est comme ça… Pas de bol, quoi…

MADAME GÂTEAU

Ainsi se termine votre jugement, Martin ! Vous avez atteint un total de quatre cent soixante dix huit mille trois cent quatre-vingt dix points négatifs, un record dans cette émission ! À quoi cela correspond-il, Madame Micro ?

MADAME MICRO

Alors, selon mon application, ce score vous ouvre le droit… enfin, l'obligation… de passer dix-huit années en enfer, au niveau neuf.

MARTIN

Au niveau neuf ?

MADAME MICRO

Vous avez de la chance, le dix est complet, on vous a fait un rabais !

MADAME GÂTEAU

Martin, nous allons maintenant vous conduire hors du studio en route vers les enfers. On vous montrera le chemin à prendre, une fois dehors.

Madame Gâteau fait un signe à Madame Micro qui se lève, prend Martin par les épaules et le conduit vers la sortie.

MADAME GÂTEAU

Martin, au revoir !

MARTIN

(paniqué, arrêtant de marcher) Mais c'est quoi, le niveau neuf des enfers ?!

MADAME MICRO

Vous le verrez rapidement… Dites-vous quand même que vous avez toujours l'abonnement au magazine de jardinage comme cadeau… Vous savez cultiver les cornichons ?

Martin s'apprête à sortir, poussé par Madame Micro. Soudain, jingle et effet de lumière différents des précédents. Madame Gâteau regarde sa tablette puis fait des mouvements nerveux, parlant en faisant les cents pas sur la scène.

MADAME GÂTEAU

On arrête tout, attendez, attendez ! Martin, revenez !

Acte 3 : « Le système ne marche pas super bien »

Martin revient sur scène, l'air interrogatif.

MADAME GÂTEAU

Désolée, mon petit Martin, nous avons fait une erreur, nous ne pouvons pas vous laisser partir !

MARTIN

Quoi ?

MADAME GÂTEAU

Je viens de recevoir de nouvelles instructions qui peuvent remettre en question tout le jugement !

MADAME MICRO

(regardant sa tablette aussi en traversant la scène) Vous avez raison, le résultat des dernières élections vient de tomber, la composition du Comité a été modifiée, les critères ont changé pendant que nous parlions ! *(avec un air triomphal)* Vous devez tout recommencer, Madame Gâteau, mon client mérite qu'un nouveau procès soit mené !

MADAME GÂTEAU

(résignée) Très bien, très bien, nous allons recommencer… Martin, asseyez-vous, je vous prie.

MARTIN

Les critères d'accession au paradis ont changé, vraiment ? Juste comme ça ?

MADAME MICRO

C'est la démocratie, Martin, il y a eu des élections, le président du Comité a changé, et ils ont travaillé à une nouvelle grille des critères d'accession, voilà tout ! Nous avons un beau système, vous ne trouvez pas ?

MADAME GÂTEAU

Vous allez voir, cette fois, ça va être très simple. Déjà, vous êtes blanc, ça va vous faire commencer avec 1 000 points positifs.

MARTIN

C'est pas vrai ?!

MADAME GÂTEAU

Je veux maintenant que vous répondiez très franchement à la question que je vais vous poser. *(elle se penche lentement et regarde Martin droit dans les yeux)* Martin, combien avez-vous pendu de nègres, dans votre vie?

MARTIN

(épouvanté) Ce n'est pas possible !

MADAME MICRO

Ah, si, si, je vous arrête, mais d'après l'illustration que j'ai ici, avec une corde solide, vous pouvez…

MARTIN

Non, mais ce n'est pas possible que vous me demandiez ça !

MADAME GÂTEAU

J'en conclus que la réponse est zéro… Dommage pour vous. Prenez soin de répondre honnêtement, Martin, la prochaine fois, je vous mets une pénalité ! Bon, vous étiez policier aux États-Unis, vous en avez bien abattu un ou deux dans le dos ?

MARTIN

Mais non !

MADAME MICRO

(surprise) Vraiment ? Mais pourquoi ?

MADAME GÂTEAU

Vous avez participé aux activités de votre antenne locale du *ku klux klan*, au moins ?

MARTIN

Jamais, enfin !

MADAME GÂTEAU

Vous ne faites pas trop d'efforts, Martin, ça va être pire que le précédent décompte ! Surtout avec Nelson Mandela comme vie antérieure !

MARTIN

(catastrophé) Mais d'où sortent vos critères ?!

MADAME MICRO

Ben c'est ce pour quoi les gens ont voté, hein, on vient de vous l'expliquer, on n'a rien inventé, nous !

MADAME GÂTEAU

Je ne fais qu'appliquer les recommandations, moi ! Je vois ici que vous avez quand même contrôlé les papiers de beaucoup plus de nègres que de blancs, c'est pas si mal, ça.

MARTIN

Vous ne pouvez pas arrêter d'utiliser ce mot…? S'il vous plaît !

MADAME GÂTEAU

Ça vous fait deux cent points… On ne va pas y arriver, Martin, hein… J'avais cru en vos chances, sur ce coup, pourtant…

MADAME MICRO

Madame Gâteau ! Les critères viennent de changer à nouveau !

MADAME GÂTEAU

Vous avez raison ! Il y a encore eu des élections !

MARTIN

Quoi ? Mais c'est absurde, les précédentes ont eu lieu il y a deux minutes !

MADAME MICRO

Oui, alors, Martin, on vous l'a déjà dit tout à l'heure, le temps, ici, est de conception un peu différente… Ça peut vous paraître étrange, bizarre, au début… Enfin, sauf si vous pouvez facilement vous extraire de la représentation « passé/présent/futur » qu'on vous a enseignée… Du coup, on peut parfois faire plusieurs élections en même temps ! Mais bon, vous vous y ferez, vous verrez, c'est facile !

MADAME GÂTEAU

En attendant, mon petit Martin, restez bien assis, et dites-moi si vous reconnaissez la personne qui chante !

Elle fait un signe, et on entend le début de Day-O, *de Harry Bellafonte.*

MARTIN

Qu'est-ce que vous me racontez ?

MADAME GÂTEAU

Les nouveaux critères imposent une bonne base culturelle, alors on vous fait passer un blind-test !

MARTIN

Vous êtes sérieuse ? C'est Harry Bellafonte, ça !

MADAME GÂTEAU

Oui, bravo ! Avouez que c'est quand même plus sympa comme ça ! Allez, extrait suivant !

Un extrait de Paint it Black *passe.*

MARTIN

(s'amusant beaucoup) Ah oui, c'est beaucoup mieux ! Euh, c'est les Stones ! Les Rolling Stones !

MADAME MICRO

Eh, n'oubliez pas que je suis là pour vous aider, Martin, dites-moi vos réponses avant de les annoncer comme ça !

MADAME GÂTEAU

En tout cas, c'est encore une fois la bonne réponse, bravo Martin ! Allez, nouvel extrait !

L'intro au saxophone de Careless Whisper *commence, Martin se lève, danse puis se tourne vers Madame Micro pour l'inviter à danser avec lui. Si des gens souffle dans le public, Madame Gâteau improvise avec eux pour les en empêcher.*

MARTIN

(sans s'arrêter de danser) Oui, oui, je sais ! Attendez ! Ah, je le sais ! *(regarde Madame Micro)* Mais si, allez ! Euh… Ah ! Oui ! *(il se penche à l'oreille de Madame Micro et dit un truc)*

MADAME MICRO

Oui, c'est ça ! Allez-y, dites-le, c'est bon !

MARTIN

C'est George Michael !

MADAME GÂTEAU

Tout à fait ! Vous êtes très doué, Martin, on aurait dû faire comme ça depuis le début !

MARTIN

Oui, vous devriez revoir tout le concept de votre émission, c'est beaucoup mieux comme ça !

MADAME GÂTEAU

Et on continue avec un nouvel extrait !

L'extrait de Anarchy in the UK *commence et s'arrête assez rapidement. De très enjoué, Madame Gâteau devient très grave et silencieuse, tandis que Madame Micro arrête de danser et va s'asseoir raidement. Martin n'a pas compris que quelque chose a changé, il continue de danser et hurle la réponse, debout sur le canapé.*

MARTIN

Sex Pistols ! Destroy !

MADAME GÂTEAU

Oui, alors, on va se calmer, descendez de là et retournez vous asseoir, Martin !

MARTIN

Hein ?

MADAME GÂTEAU

Et dites-moi à quel âge vous avez eu votre premier baiser.

MARTIN

Oh non, les critères ont encore changé ?

MADAME GÂTEAU

Contentez-vous de répondre à la question, Martin. Premier baiser, quel âge. Maintenant.

MARTIN

Je… je sais pas… quatorze ans ?

MADAME GÂTEAU

Un peu jeune, vous ne trouvez pas ? Vous avez mis la langue ?

MARTIN

Mais qu'est-ce que c'est que ces questions ?!

Le bip des mauvaises réponses retentit.

MADAME GÂTEAU

Ne me forcez pas à me répéter, Martin ! Je vous avais prévenu ! Moins cent ! À quelle fréquence vous masturbez-vous ?

MARTIN

Je ne veux pas répondre à ces questions !

Et retentit encore.

MADAME GÂTEAU

Moins cent ! Avez-vous déjà voulu avoir des relations sexuelles avec des animaux ?!

MARTIN

Non mais c'est complètement dingue !

Et encore.

MADAME GÂTEAU

Moins deux cents !

MADAME MICRO

Répondez aux questions, Martin, enfin, vous ne pourrez pas y échapper !

MARTIN

Mais c'est dingue que l'accession au paradis soit conditionnée au fait d'avoir ou non mis la langue pour mon premier baiser, quand même !

MADAME MICRO

Vous trouvez ?

MADAME GÂTEAU

(regardant sa tablette, presque hystérique) J'ai sous les yeux votre historique internet ! Moins cinq cent ! Moins cinq cent ! Ouuuh, moins mille ! Moins dix mille ! Pervers ! Pervers !

MADAME MICRO

Madame Gâteau, arrêtez ! Arrêtez !

MARTIN

Il y a eu de nouvelles élections ?

MADAME MICRO

Comment vous avez deviné ? Regardez, Madame Gâteau, je vous envoie les nouveaux critères !

Elle fait un geste sur sa tablette qui envoie les critères sur celle de Madame Gâteau. On entend un bruit en même temps.

MADAME GÂTEAU

Parfait, merci ! Martin, avez-vous laissé des gens dire du mal de vous dans votre dos sans les provoquer en duel ? Avez-vous déjà dû venger la mort d'un membre de votre famille ? Quelqu'un a-t-il déjà insulté votre mère ?

MARTIN

Hein ?

MADAME MICRO

Et d'autres critères ! *(même geste, même bruit)*

Alors que Madame Gâteau énumère des questions, Madame Micro, très agitée, court autour d'elle en envoyant régulièrement de nouveaux critères.

MADAME GÂTEAU

Aidez-vous les vieilles dames à traverser la rue ? … Avez-vous déjà tué un animal ? … Crachez-vous par terre dans les rues ? … Mangez-vous les fanes des radis ? … Mouillez-vous votre brosse à dents avant ou après y avoir étalé du dentifrice ? … Combien de fois par jour mentez-vous ? … Offrez-vous des fleurs à votre femme ? … Thé ou café ? … Combien de pin's avez-vous dans votre collcc' ? Chocolatine ou pain au chocolat ? … Connaissez-vous Shéraf ?

MARTIN

Shéraf ? Qu'est-ce que c'est ?

MADAME MICRO

Vous connaissez pas Shéraf ? C'est un groupe, ils étaient number one !

MADAME GÂTEAU

Avez-vous déjà rendu une personne heureuse ?!

Silence. Madame Gâteau et Madame Micro s'immobilisent et regardent Martin sans bouger.

MARTIN

(impressionné) Je… je ne sais pas… Je… Je ne le sais vraiment pas.

MADAME GÂTEAU

La réponse existe pourtant. Je l'ai sous les yeux.

MARTIN

Ben, dites-le moi, alors… Est-ce que j'ai déjà rendu quelqu'un heureux ?

MADAME GÂTEAU

(taquine) À votre avis ? C'est moi qui vous ai posé la question en preum's…

MARTIN

Je vous ai dit que je ne savais pas ! *(réfléchissant nerveusement, se parlant tout seul en tournant en rond)* Qui est-ce que j'aurais pu rendre heureux ? Heureuse… ? Non… non… peut-être… je sais pas… il y a forcément quelqu'un… forcément ! *(perdant patience)* Dites-le moi !

MADAME MICRO

(en faisant le geste) Et de nouveaux critères !

MARTIN

Non !

MADAME GÂTEAU

Vous laviez-vous systématiquement les mains avant de passer à table ?

MARTIN

Quelle était la réponse à la question précédente, Madame Gâteau ?!

MADAME GÂTEAU

Hmm ? Vous vous croyez au Burger Quiz ? Je ne me souviens plus, moi. Alliez-vous à la messe tous les dimanches ?

Elle laisse tomber sa tête sur le bureau et reste soudain inerte.

MARTIN

(en la secouant) Vous ne pouvez pas avoir oublié comme ça !

Madame Micro attrape Martin par l'arrière du col et le jette dans son fauteuil. Elle se tient derrière lui, ses mains sur ses épaules pour le maintenir assis.

MADAME MICRO

Bien sûr que si, Martin, elle et moi, nous sommes obligées de tout « oublier comme ça » !

MARTIN

(secoué) Quoi ? Mais pourquoi ?

MADAME MICRO

(lyrique) Nous sommes les garants, les défenseurs, les hérauts des valeurs universelles et indiscutables du bien et du mal ! ... et celles-ci changent à chaque élection ! Comment voulez-vous, dans ces conditions, que nous conservions des conceptions concurrentes du bien et du mal dans nos mémoires ?! Le paradoxe nous anéantirait ! Alors nous oublions chaque ancien Comité lorsqu'un nouveau lui succède !

MARTIN

Mais pourquoi les valeurs devraient-elles être changeantes ? Il y en a bien quelques-unes qui sont communément admises comme bonnes, non ?

MADAME MICRO

Comme par exemple ?

MARTIN

Le fait de ne pas tuer quelqu'un d'autre…

MADAME MICRO

Vous y avez pourtant eu recours, vous-même, non ?

MARTIN

Ça m'est arrivé une seule fois et c'était un cas de légitime défense !

MADAME MICRO

Ça veut donc bien dire qu'il y a des circonstances dans lesquelles vos valeurs ne sont pas « communément admises comme bonnes », n'est-ce pas ?

MARTIN

Non, mais vous chipotez, là !

MADAME MICRO

Mais peut-être qu'en fin de compte tout est question de chipotage, et que c'est pour ça qu'il y a des élections, même ici ! Parce qu'elles sont toujours là quand il s'agit de choisir quel chipotage et quels chipoteurs on va privilégier, à chaque fois, mais que ce choix est la seule liberté qu'elles garantissent, à l'intérieur d'un cadre dont elles ne permettent surtout pas la remise en question ! Le système a vraiment pensé à tout, c'est merveilleux, non ?

MARTIN

Mais à quoi bon, alors ? À quoi tout cela sert-il ?

MADAME MICRO

À tenir compte de la nature subjective du bien et du mal sans que cela ne nous rende fous. À vous aider à accepter que le système n'est pas fait pour privilégier tout le monde à la fois ! Vous le savez mais vous l'oubliez tous en même temps. N'est-ce pas fabuleux ?

MARTIN

Mais pourquoi vous-mêmes ne pouvez-vous pas supporter ce fait, si vous en êtes à l'origine ?! Pourquoi perdez-vous la mémoire ?

MADAME MICRO

Parce que nous n'en sommes pas à l'origine, Martin, nous ne sommes que les fusibles de ce système ! Et c'est la population à la démographie la plus changeante de l'univers, que nous avons à notre charge ! Par notre perte de mémoire, c'est la cohérence du système entier que nous protégeons !

MARTIN

C'est un mensonge, que vous protégez ! Une illusion de liberté que vous brandissez d'une main pour détourner l'attention ! Mais qui sait sur quoi vous jetez un voile de l'autre main ?

MADAME MICRO

Faites gaffe à ce que vous dites, Martin, votre accession au paradis dépend de moi, au cas où vous ne l'auriez pas déjà compris ! *(regardant sa tablette)* Et voilà d'ailleurs de nouveaux critères, vous voulez parier qu'ils vous enverront quand même en enfers ?

Elle envoie les critères vers Madame Gâteau qui se réveille en sursaut.

MADAME GÂTEAU

Qu'est-ce que c'est que ce bordel ? Tout le monde à sa place, vous regardez *une Place au paradis*, bonsoir !

Effets de lumière et jingle. Martin et Madame Micro reprennent leurs places.

MADAME GÂTEAU

(après un moment passé à regarder sa tablette en silence) Bon, Martin, mon petit Martin, approchez-vous… nous allons voir avec quelle régularité vous avez mangé vos cinq fruits et légumes par jour.

NOIR

III. Épilogue

Madame Gâteau et Madame Micro sont seules sur scène, côte à côte, elles consultent leurs tablettes.

MADAME GÂTEAU

J'espère que vous avez bien préparé votre prochain dossier, chère Madame Micro ! Je me sens en super forme, je vais vous exterminer !

MADAME MICRO

Ne vendez pas la peau de l'ours avant de l'avoir tué, Madame Gâteau ! Ce dossier me semble au contraire très facile ! Regardez : Bernard, une bactérie qui en est à sa deuxième réincarnation, ayant vécu pendant trois ans dans une flore intestinale humaine, tué par un violent antibiotique qui ne le visait même pas ! La défense est toute trouvée, *finger in the nose*, on va taper dans les dizaines de milliers de points, là ! Facile !

Elles se mettent en marche en direction des coulisses jardin.

MADAME GÂTEAU

(en passant un bras autour des épaules de Madame Micro) En tout cas, je me demande avec quelle tête vous allez débarquer, cette fois.

NOIR et FIN